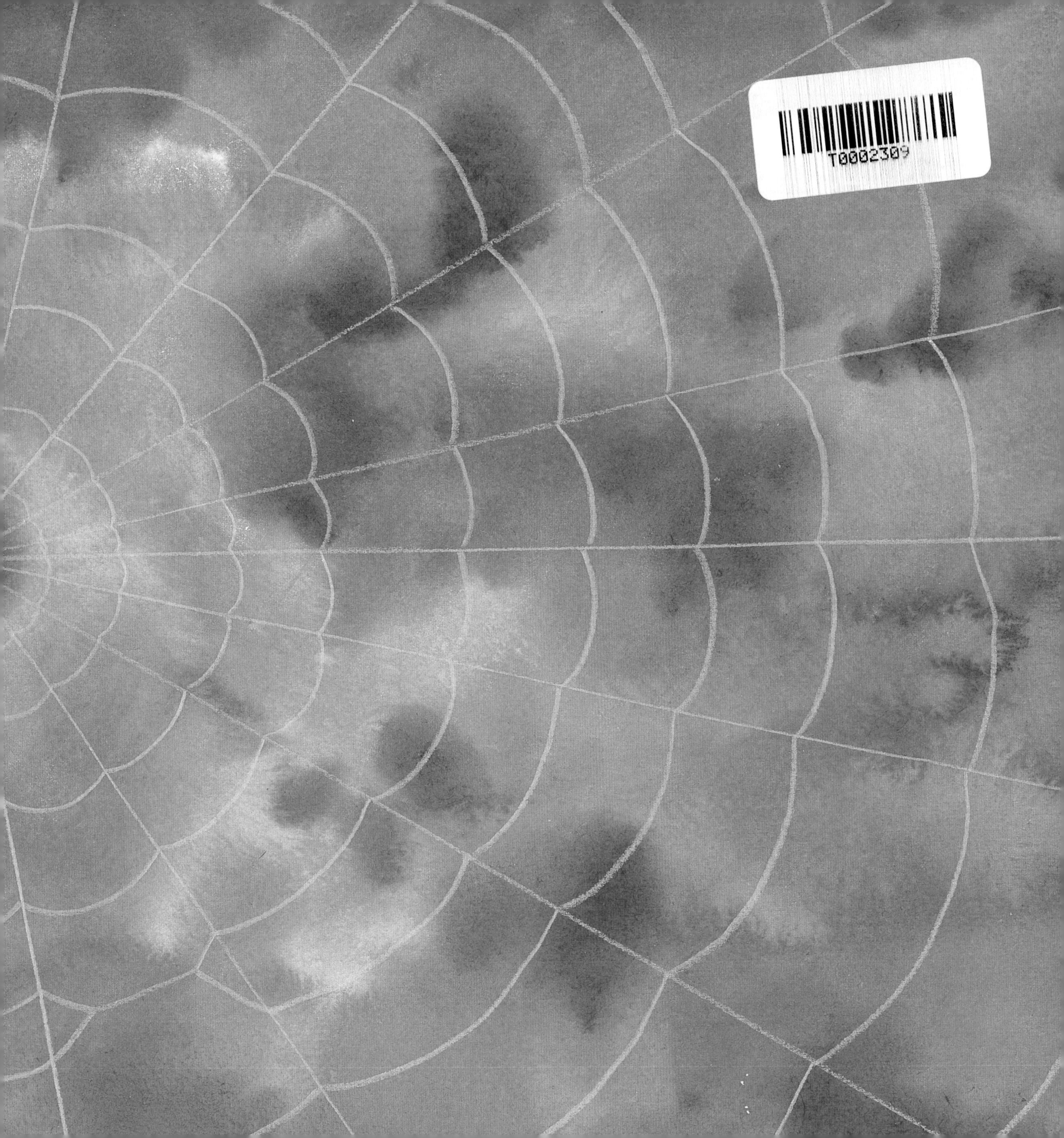

Descubre las arañas

Gracias a las arañas
las poblaciones de insectos
de algunos ecosistemas
están bajo control.

La araña del campo

¡Hola, niños y niñas! Acercaos,
no os asustéis porque no os haré daño.
Quiero contaros todo lo que sé sobre
nosotras, las arañas. Seguro que habéis visto
arañas de distintos tamaños y colores,
en el suelo, en la pared o sentadas en su
tela. ¿Os gustaría saber cómo vivimos, cómo
cazamos y cómo construimos nuestras
telarañas? Escuchad muy atentamente,
acompañadme en esta aventura increíble…

Animales de ocho patas

Las arañas somos diferentes de otros bichos porque tenemos ocho patas, ni una más ni una menos. Nuestro cuerpo está dividido en dos partes. La parte delantera, que se llama cefalotórax, está formada por: todas las patas, varios ojos y la boca. La parte trasera, que se llama abdomen, es blandita y lleva atrás unos bultitos llamados hileras. Sirven para fabricar la seda con la que las arañas construimos nuestras telas.

Este es mi **cefalotórax.** Aquí llevo ocho ojos, ocho patas y la boca.

Mis ocho **patas** son largas y peludas.

En mi **abdomen**
llevo las **hileras**
para fabricar la seda.

Ellas son más grandes que ellos

¿Sabías que las arañas son de distinto tamaño y forma según si son chica o chico? La araña "mamá" es siempre más grande que la araña "papá". ¡En algunas ocasiones la diferencia de tamaño es enorme! El cuerpo de la araña hembra lleva un abdomen gordito, redondeado y a veces con bonitos colores. En cambio el macho tiene un abdomen chiquito, alargado y con colores más feos. Ellas viven más tiempo, en cambio la vida de ellos suele ser corta, ¡qué pena!

Telaraña 1: Construcción

Algunas arañas usamos una telaraña para cazar insectos.
Yo soy una de ellas. Sé construirla desde que nací, sin que nadie me lo haya enseñado. Para confeccionarla utilizo la seda que sale por mis hileras. Me sirvo de mis patas para ir extendiendo la seda, me cuelgo del hilo y luego trepo por él para ir subiendo y bajando. Primero fabrico un buen marco, luego varios hilos que van desde el centro hasta el marco, y para acabar voy pasando de hilo en hilo, desde el centro hacia el exterior, formando una espiral. Los hilos de la espiral son especiales porque son pegajosos.

Telaraña 2: Funcionamiento

¡Bueno! Esta telaraña ya está terminada. Ahora me pongo en el centro, coloco mis patas sobre los hilos principales y entonces… a esperar. Ha pasado una pequeña polilla, pero ha tenido suerte y no se ha quedado pegada.

A ver… ¡ahora noto un gran movimiento! Me voy corriendo por encima de la telaraña (sé pisar por donde no es pegajosa) y me encuentro con un gran moscardón, pataleando atrapado entre los hilos. ¡Vaya merienda! ¡A comer!!

Telaraña 3: Tipos

Hay muchos tipos diferentes de telarañas, además de la mía. Algunas arañas construyen telas horizontales, para sorprender a los insectos que vuelan desde el suelo hacia arriba.

Otras viven esperando dentro de telas con forma de túnel. Los insectos como las hormigas o los escarabajos pueden quedar atrapados a la entrada del túnel mientras pasean.

Algunas arañas fabrican una red de aspecto desordenado, repleta de hilos pegajosos donde los insectos quedan atrapados. Un ejemplo es la araña típica de los rincones de las habitaciones.

La araña de agua

Hay una araña amiga mía que tiene una vida increíble. Es la única del mundo que construye su casa de seda ¡bajo el agua! Fabrica entre las plantas de los estanques una pequeña red en forma de campana, llena de burbujas de aire. Transporta las burbujas desde la orilla, atrapadas entre los pelos de su cuerpo. Mi amiga pasa casi todo el tiempo dentro de la campana, esperando cazar algún bichito o pequeño pez que nade cerca. ¡Incluso el nacimiento de sus hijos sucede bajo el agua!

Seda para todo

Las arañas podemos fabricar varios tipos de seda: hilos más fuertes o más débiles, más o menos pegajosos, más finos o más gruesos. Siempre que nos movemos por las plantas o el suelo llevamos un hilo fuerte y no pegajoso, el hilo de seguridad, por si acaso nos caemos o queremos volver a algún sitio. Para fabricar el capullo que contiene nuestros huevos usamos por lo menos dos tipos de seda: por fuera es muy fuerte y espesa, difícil de atravesar. Por dentro, en cambio, es algodonosa, para proteger los huevos.

¡Es hora de comer!

Fíjate en la cara de una araña: verás que tenemos dos piezas que se parecen a patitas, que nos ayudan a sentir y tocar la comida. Justo en la entrada de la boca tenemos dos piezas más, similares a aguijones pero que no nos sirven para masticar. Cuando capturamos un bichito lo paralizamos con un poco de veneno. Lo enrollamos en seda muy fuerte y le inyectamos un fluido especial que lo convierte en comida líquida. ¡Las arañas, en realidad, se "beben" a las moscas en vez de comérselas!

Un novio con problemas

Además de ser más pequeño y tener una vida muy corta, la araña macho tiene otros problemas añadidos. No siempre es bien recibido por su "novia", que a veces no ve un pimiento y lo confunde con la cena. Los machos usan varias técnicas para acercarse a las arañas hembra sin que éstas se los coman. Algunos bailan de forma especial para ella, otros le llevan un regalo (una mosca envuelta en seda) para distraerla, otros se acercan cuando ésta ya no tiene hambre… pero siempre hay alguno que acaba devorado por su chica. ¡Así es la vida!

Una bolsa para proteger los huevos

Después de estar con papá araña, la mamá está preparada para poner un montón de huevos. Los pone dentro de un saco hecho con seda. Por fuera la seda es muy fuerte, un poco más oscura y muy difícil de penetrar por ladrones de huevos. Por dentro, en cambio, la seda es suave como el algodón. Algunas mamás abandonan los sacos cuando terminan de fabricarlos, otras, en cambio, lo pegan a su telaraña para protegerlo o incluso lo llevan pegado atrás, a las hileras. Algunas dejan de comer y llevan el saco con la boca a todas partes. ¡Increíble!

La nueva familia

Al cabo de un tiempo, de cada huevo sale una pequeña arañita, casi igual que sus padres pero en miniatura. Al principio permanecen todas juntas. Algunas arañas cuidan a sus pequeñas hijas. Por ejemplo, las llevan encima, para que ninguna se pierda, o las mantienen vigiladas en una telaraña especial. Algunas mamás incluso les dan de comer. Cuando crecen un poco, cada arañita lanza varios hilos de seda y espera a que el viento se la lleve. Algunas vuelan unos pocos metros, otras pueden viajar cientos de kilómetros así.

Cambios de piel

Las arañas, igual que los insectos, necesitan cambiar la piel cuando crecen. Cuando está preparada fabrica una piel nueva por debajo de la vieja. Después hincha el cuerpo, hasta que la piel vieja se raja por la espalda. La araña sale por esa ranura y deja tras de sí una cáscara vacía; a lo mejor has visto alguna en un paseo por el campo. La piel nueva es más blandita y ancha y antes de que se seque por completo la araña aprovecha para crecer.

Peludas y con muchos ojos

Una cosa increíble de las arañas es su número de ojos. Lo habitual es que tengan ocho, aunque hay algunas que tienen seis, otras cuatro y otras dos. Los de delante suelen ser más grandes.
Nuestro sentido de la vista no es muy bueno. Sólo las arañas saltadoras tiene buena vista. Sin embargo, nuestro sentido del tacto es excepcional. Todos los pelos de nuestro cuerpo (incluido el de las patas) detectan las vibraciones de nuestra telaraña, incluso el movimiento de la brisa. Algunos pelos nos sirven para el sentido del olfato.

Cazadoras sin red

Hay algunas arañas que no esperan quietas en una telaraña a que los insectos caigan atrapados. Las arañas saltadoras y las arañas lobo persiguen a sus víctimas y cuando están suficientemente cerca, saltan sobre ellas y se las comen. Las arañas cangrejo esperan en las flores,

camufladas con un color tan parecido
al de los pétalos que ni siquiera las personas
pueden verlas. Cuando una abejita
o mariposa se acerca a por el néctar, ¡zas!,
saltan rápidamente y la atrapan por el cuello
para que no escape.

No somos tan malas

A lo mejor has oído historias terribles sobre arañas venenosas que pican a la gente y le hacen daño. No atacamos a nadie, pero nos defendemos si sentimos miedo o notamos que alguien quiere atacar a nuestras arañitas. Existen algunas peligrosas, como la viuda negra o las migalas (tarántulas americanas), pero en general se trata de no molestar a ninguna araña cuando te la encuentres en el campo. La mayoría somos beneficiosas por la cantidad de insectos que eliminamos.

Espero que os haya gustado esta historia, ¡hasta pronto, niños y niñas!

DATOS INTERESANTES SOBRE LAS ARAÑAS

Hay más de 40.000 especies distintas de arañas. Están presentes en la mayoría de los ecosistemas terrestres, sin embargo no han colonizado el aire ni el medio marino. En cuanto a su tamaño, varía según las especies entre menos de medio centímetro y más de 25 centímetros (contando la longitud de las patas).

La seda de las arañas es un material ligero pero muy resistente (varias veces más que el acero). Desde hace tiempo se intenta, sin éxito, conseguir una fibra artificial que reúna las características excepcionales de la seda de araña.

Las arañas tienen relativamente pocos enemigos naturales. Los animales más peligrosos para ellas son los pájaros y las avispas cazadoras de arañas. Normalmente tienen colores apagados que les sirven de camuflaje frente a sus enemigos. Algunas evitan a sus depredadores escondiéndose lejos del centro de la telaraña, dentro de una hoja seca o bajo una rama, para evitar ser fácilmente cazadas.

La gran mayoría son solitarias y no tienen problemas en comerse a miembros de su misma especie. No obstante, existen algunas que forman sociedades. No son tan complejas como las de las hormigas o las termitas, más bien se trata de comunidades en las que se comparten las presas entre todos los miembros de la sociedad. En estas colonias se aprovecha la ventaja de tender grandes telarañas fabricadas por todos los miembros.

Excepto una especie, recientemente clasificada como vegetariana, las arañas son animales depredadores. Utilizan un amplio abanico de estrategias, según cada especie, para cazar a sus presas: fabrican telarañas, construyen túneles trampa, lanzan redes pegajosas, esperan camufladas entre las flores, persiguen a la presa y saltan sobre ella, se “visten y comportan” como las hormigas para vivir entre ellas y comérselas…, hay muchos métodos de caza. Existe una especie de araña muy interesante que caza polillas atrayéndolas con un olor estimulante y lanzándoles, cuando se acercan, una bola de seda pegajosa unida a un único hilo.

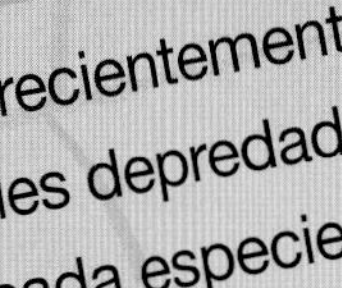

El veneno de las arañas está siendo investigado para su uso como insecticida natural. También existen investigaciones para su uso en el campo de la medicina, para combatir enfermedades cardiacas y del sistema nervioso (por ejemplo, la enfermedad de Alzheimer).

Descubre las arañas

Texto: ***Alejandro Algarra***
Ilustraciones: ***Daniel Howarth***
Diseño y maquetación: ***Gemser Publications, S.L.***

Paseo de San Juan Bosco, 62
08017 Barcelona
www.edebe.com

ISBN: 978-84-683-0787-9
Depósito Legal: B. 22113-2012

Impreso en China
Primera edición, febrero 2013